KB212039

오늘 하루 꽤 나쁘지 않았어

정신과 의사 캘선생의 하루 한 장 상담

일러두기

- 저자 고유의 글맛을 살리기 위해 표준어와 다르게 표기한 부분이 일부 있습니다.

- 이 책은 저자가 SNS에서 종종 진행했던 '물어보고 답하기'의 이야기들을 재구성했습니다. 그러다 보니 여러 사람들의 공감할 법한 이야기가 함께 있고, 어떤 부분은 이해를 돕기 위해 살짝 가공을 가하기도, 또 비슷한 몇몇 이야기들은 하나로 합치기도 했습니다. 특히 사연자의 신상 정보는 특정할 수 없도록 했으니 참고 부탁드립니다.

- SNS에서 나눈 이야기들을 바탕으로 하다 보니, 다소 가벼운 어감으로 내용이 진행되며 정신과적 진료 및 전문적인 상담이 필요한 이야기들은 최대한 배제했습니다. 그러니 읽으시는 당신께서도 이야기들을 너무 심각하게 받아들이진 않았으면 좋겠습니다.

오늘 하루 꽤 나쁘지 않았어

글·그림 유영서

정신과 의사 캘선생의 하루 한 장 상담

미래의창

안녕하세요,
정신과 의사 캘선생입니다.

SNS로 소통을 하면서,
아무래도 정신과 의사라는 직업을 갖고
있다 보니 꽤 다양한 고민들을 받습니다.
어떤 고민은 꽤 막막하기도 하고,
어떤 고민들은 귀엽게 느껴지기도 해요.

처음 소통을 시작했을 때는 얼굴도 보지 못한 분들의
고민에 대해 제가 감히 답변하는 것이 맞나 싶었습니다.
그러나 고민들을 쭉 읽어보니, 언젠가 제가 가졌고
해결했던 모양의 고민들도 있고,
저도 똑같이 자기 전 떠올리는 고민들도 있더군요.

으~~~음

어쩌면?

그래서 어쩌면 이런 고민들에 대한
저의 견해를 공유하는 것이
고민의 주인공과 저 말고도
비슷한 고민을 하는 다른 분들에게
시야의 전환을 줄 수 있지 않을까
했습니다.

이 책은 고민 해결이 아니라,
고민 나눔을 위한 것이라고 말하고 싶습니다.
누군가 홀로 품고 있던 고민에 대해
철저히 다른 사람인 저의 시각을
살짝 얹어 드립니다.

이렇게 생각해볼 수도
있지 않을까요?

혹시나 비슷한 고민을 했다거나,
고민의 주인공이나 저와는
또 다른 관점을 가지고 있다면
이야기를 더 얹어 주셔도 좋습니다.

어떤 고민들은 세상에 메아리칠수록

나 진짜 힘들어!

별것 아니게 되기도 하거든요.

힘내!

나도 그런 적 있어!

그럴 수 있지!

첫 한마디.
이번 책은 여러분의 이야기입니다.

그리고 내 마음을 들었다 났다 하는
이상한(?) 녀석도 함께합니다.

슬픔?

불안?

기쁨?

나는…

차례

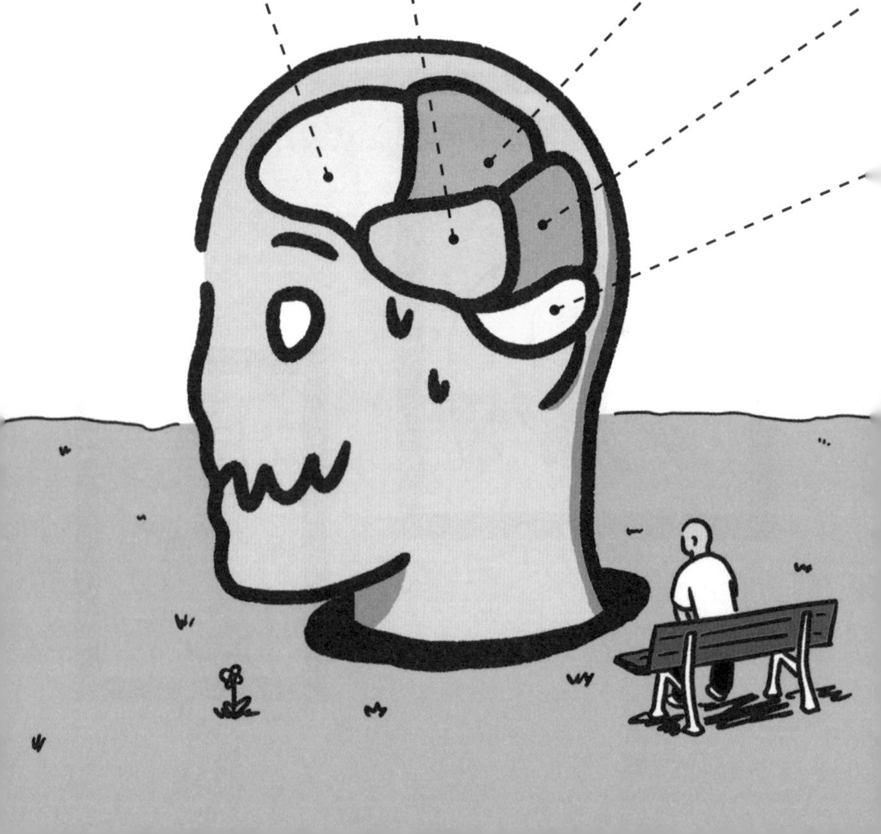

나는 왜 이렇게

생각이 많을까?

성격에 자신감, 당당함, 뻔뻔함이 너무 없어요.
스스로가 정말 마음에 안 들어요.

그녁

내 안에 반짝거리는 것들은 정말 쉽게 지나치기 때문에 꼭꼭 복습해두는 것이 좋겠습니다. 정말 사랑하는 연인이라도 다 마음에 들 순 없는 일인데 스스로라고 다르겠어요?

저는 좋아하는 편으로 다이얼을 대충 맞춰 놓으면 좀 괜찮긴 하더라고요. '나 정도면 괜찮은 사람이지!' 레벨 정도로 말이죠.

내 안에 좋은 것을 찾아봅시다!

타인을 향한 증오와 원망을 어떻게 다뤄야 할지 어렵네요.
머릿속에서 잊히질 않고 자주 생각이 나요.

아쉽게도 미워하는 마음을 깨끗이 없앨 수는 없겠죠.
특히나 강렬한 기억은 떠올릴수록 종종 과장되기도
하니까요. 어쩌면 우리의 뇌가 경보를 울린다고
이야기할 수도 있을 것 같아요.

"너 그 사람과 이런 일이 있었고, 그땐
잘 처리하지 못했잖아! 다음에 비슷한
일이 일어나면 어떡할래?"하고요.

있었던 일만 정확하게
딱 떠올리고, '다음에
비슷한 일이 일어나면
그땐 이렇게 해야지!
하지만 지금은 당장 할 수
있는 일이 없는걸!'이라
되뇐 다음 구체적인 계획을
생각하고 넘기는 겁니다.

어때요?
괜찮나요?

후회되는 일이 계속 떠올라서 해야 되는 일을 못하겠어요.
후회는 어떻게 멈출 수 있나요?

우리의 뇌가 회상할 수 있는 용량은
제한되어 있기 마련입니다.

떠오르는 후회를 잊으려고 애쓰기보다는
좋은 일을 더 많이 만들어 봅시다.
그 녀석이 비집고 나올 틈을 좁혀 나가는 것이
오히려 좋은 방법이 아닐까 싶어요!

우울함이 익숙해졌어요.
너무 무기력해서 침대에서 나오기가 힘들어요.

크게 우울하지도 않지만 크게 즐거운 순간도 없어요,
이게 혹시 우울증의 시작일까요?

현상을 굳이 다른 현상의 신호로
받아들일 필요가 있겠습니까.

다만 즐거운 기분을 느껴야 할 것 같을 때 즐겁지 않다는
느낌을 받거나, 그리 우울할 상황이 아닐 때도 일상을
방해할 만한 울적함이나 무기력함을 느낀다면, 그리고
그런 느낌을 받는 기간이 몇 주씩 지속된다면….

가볍게 근처 정신과를
방문하는 것을
추천합니다.

남의 말에 잘 휘둘려요. 이런 저를 어떡하면 좋을까요?

저는 진료하면서 자기 뜻이 아닌 다른 사람의 힘으로 내린 결정으로 인해 더 후회하는 모습을 많이 보곤 하는데요, 이런 경우, 결과에 대한 실패감에 더해 선택에 대한 통제를 빼앗겼다는 상실감을 추가로 느끼게 되더라고요.

물론 나 자신도 완전하지 않습니다. 하지만 그 누구도 내 눈 안의 세계를 나보다 더 잘 알 수는 없어요. 나를 믿었을 때는 적어도 남 탓을 하지 않을 수 있다는 장점이 있을 겁니다.

스스로를 믿어요!

제가 너무 나쁜 사람이고 죄책감과
벌받을 것 같다는 생각이 계속 들어서 힘들어요.

뭔 잘못을 해야 죄책감이 있고 벌을 받고 하는 거 아닌가요?

무엇을 어떻게 얼마나 잘못하셨는지?

어떨 때는 막연한 기분이 만들어내는
상상으로 필요 이상의 고통스러운
그림을 떠올리게 되기도 하거든요.
어떤 일이 사연자님으로 하여금
죄책감을 느끼게 했나요? 그 기분이
적절한 그림을 그리는가요?

우울감과 불안감 때문에
힘든 나날을 보내고 있다면

태평양 어느 곳에는 파도가 높게 치고 바람이 많이 붑니다.
그래도 그곳을 꿋꿋이 지나가는 배들이 있죠.

파도도 매일 높은 것이 아니고 배들도 단단하기 때문입니다.
오히려 파도가 치지 않는 바다를 죽은 바다라 부르기도 하죠.

파도가 너무 높게 친다면 도움을 받을 수도 있겠습니다.

파도의 높이를 이로운 방향으로 줄여가고
피해를 줄이는 일은 충분히 가능합니다.

그러니 용감히 나아가셨으면 합니다.

당당하게~

있는 그대로의 나 자신을 사랑하는 법은 무엇일까요?

밑도 끝도 없이 갑자기 누군가에게 고백받는다면 좀 당황스럽겠습니다.

자신을 사랑하는 일도, 자신에게 사랑받는 일도 이해 가는 구석이 좀 있어야 하지 않을까요?

우리가 보통 멍하니 나에 대해서 떠올리면 보통은 좋지 않은 부분부터 떠올립니다. '무엇이 문제지?', '무엇을 고쳐야 하지?'와 같은 질문 말이에요.

물론 그런 질문들을 떠올려야 나를 더 발전시켜 안정적인 상태로 끌어낼 수 있습니다.

하지만 이 각박한 현대 사회에서, 그런 질문은 안 그래도 안팎으로 굉장히 많이 받게 됩니다. 그러다 보니, '나는 뭘 잘하지?', '나는 어디가 예쁘지?'와 같은 질문은 애써서 떠올리지 않으면 쉽게 튀어나오지 않게 되어버린 것 같아요. 그러니 곰곰이 그런 질문들을 떠올려봅시다.

더 감각적인 레벨로 내려가, 뜬금없이 좋아하는 옷을 입고 거울 앞에 선다거나, 안정을 주는 향을 맡는 것도 좋은 도움이 되겠습니다. 나 스스로 완전하다는 기분을 감각으로 경험시켜 주는 일들 말이에요!

공황 이후 죽음, 질병, 불안, 재앙화 사고*에 맞서는 기본적인 자세가 있다면?

지금 눈앞의 현실과 최악의 상황이 벌어질 가능성에 대해 자세히, 그리고 건조하게 들여다보시는 것이 좋을 듯합니다.

사건의 퍼센트를 내어보는 것도 좋은 방법입니다.

＊아직 일어나지 않은 일이나 상황을 마치 일어날 것이라 믿고, 스스로에게 암시를 거는 사고 행위.

불안형 애착 유형입니다.
타인을 자주 의심하고 감정 기복이 심해요.

사랑의 파도에 맞게 배영을 할 수도,
접영을 할 수도 있지 않을까요.

자신을 스스로 유형화해서 먼저 분류하는 일은
가능성을 미리 막는 일이라고 생각해요.

그때그때 상황에 맞게
사랑을 주고받길 바랄게요.

할 수 있어요.

지금 반년 넘게 치료를 받고 있어요,
그런데 나아지고 있다는 확신이 안 들어요.

정신과 치료의 호흡은 종종 길어지기도 합니다.

약 처방을 받는다면 약에 대한 반응과
부작용을 관찰하기 위한 시간이
필요할 수도 있고, 미처 내가 생각지
못했던 내 마음 깊은 곳의 갈등을
다루는 과정이 필요할 수도 있거든요.
하지만 다행인 것은, 사연자님께서
길어지는 치료의 시간에도 불구하고
꾸준히 도움받는 일을 꼭 쥐고 있다는
점이라고 생각합니다.

당연히 나아질 겁니다.

우울증이 없어져서 좋아요,
하지만 이 허전한 느낌은 무엇일까요?

삶에 대한 막연한 불안함이 종종 우울함으로 다가오곤 해요.
좀 더 강인해질 방법은 없을까요?

모든 파도를 일일이
다 계산하고 세어가며
서핑을 즐기는 사람은
보지 못한 것 같습니다.

수치심 극복 방법이요!

저는 스스로를 세상에 내보이기에
굉장히 쑥스러운 놈이라 생각하고 있습니다.
그래서 저랑 만나거나 제가 대해야 하는 사람들도
대개 그렇게 생각하고 있겠거니 합니다.

그렇게 떠올려보니
조금 괜찮더군요.

자신을 온전히 사랑하는 게 가능하다고 생각하세요?

사랑한다는 말을 어떻게 이해하냐에 따라 다를 겁니다.

'와 멋져, 와 최고야, 와 잘생겼어!' 이런 식으로 사랑하는 건 무지성이고 자뻑입니다.

물론 나 자신을 사랑할 수 없다는 말은 아닙니다.

거~ 자뻑이

이십 대를 어떻게 보내는 게 가장 좋다고 생각하나요?

누구나 자신의 가치가 다르므로 어떻게 보내면 만점, 어떻게 보내면 빵점이라 쉽게 말할 수는 없을 것 같군요.

저의 이십 대 시절을 잠시 돌아보면서 말해보자면 일단 즐거운 일을 하셨으면 합니다.

즐겁지 않은 일을
어쩔 수 없이 하고 있다면

거꾸로 그것에 몰입해서
싸워보는 경험을 해보는 것도
나쁘지 않습니다.

일단 즐겁고
씩씩하게~

언젠가부터 타인을 부러워하는 감정을
느끼지 않으려고 애쓰게 되었어요.

부러워하는 내 감정이 계속 눈에 거슬리니까 오히려
없애려고 애쓰는 건 아닐까 조심스럽게 추측됩니다만,
남을 안 부러워하는 사람이 어디 있겠습니까?

기분 풀릴 때까지
부러워하시되, 마지막엔
**'내 이런저런 부분을 알면
너네도 부러울걸?'**
하며 남들이 부러워할 내 모습도
한두 개씩 끼워 넣는 걸
잊지 말았으면 좋겠어요!

자기 감정으로부터
도망갈 수 있는
사람은 없습니다!

남이 하는 건 다 멋있어 보이고,
내가 하는 건 다 재미없어 보일 때

저도 그렇습니다. 남들은 다 척척 잘 살고 잘하는 거 같고
나는 철없이 SNS에 그림이나 그리는 것 같고.

다들 그런 기분을 느끼는 거 아닐까요?

어떤 진화의 시점에는 내 못난 부분을 볼 줄 아는 놈만
살아남은 시대도 있었을 겁니다.

우리 대부분은 그들의 후손이 아닐까 합니다.
이런 관점으로 보면 그런 기분도 당연하게 볼 수 있겠습니다.

제가 유독 남들에 비해 불행한 삶을 사는 것 같다고
자주 느낍니다. 이겨낼 수 있는 현명한 방법이 있을까요?

천만금을 가지고도 삶을 포기하는 사람이
있는가 하면, 누가 봐도 불행할 것 같은데
씩씩하게 살아가는 사람도 있습니다.

그 사람이 되어 보지 않고는
절대 알 수 없는 일이겠죠.

저 또한 당신의 불행의 깊이가
어느 정도인지는 알 수 없습니다.

오직 내 불행만 가지고
요리조리 뒤집어보며
이득이나 의미를 챙길 것은
없는지 확인해봅시다.

친절하면 만만하게 보는 사람들이 있어서
친절모드를 접었더니 싸가지가 없다고 하네요.

사람들은 일관성을 참 좋아하는 것 같습니다.
특히 친절했던 사람이 변할 때는 문제가 되더군요.

그러니 일관성을 가지고 대해보는 건 어떨까요.
친절은 하되 안 되는 건 안 된다고 말하는 식으로요.

조금 시간이 지나면
다른 사람들도 그에 대한
일관적인 태도를
가지게 될지도
모르겠습니다.

제 존재가 엄마에게 피해만 끼치는 것 같아서 울적해요.

살아있는 이유가 혹시 어머니를 기쁘게 하기 위함인지요?

제가 잘 모르긴 하지만 어머님께서는
당신 때문에 힘들었던 것보다 함께하며
얻었던 즐거움이 더 많으셨을 겁니다.

너무 자책하지 마시고
만일 그런 생각이 든다면
어머니께 진솔하게
미안하고 감사하다고
살짝 마음을 전해보셔요.

닉크

아니에요. 아무래도 제가 죽는 게 모두에게 이득일 것 같아요.
한없이 우울하네요.

기질적으로 우울감을 타고난 것은 아닐지 걱정된다면

가끔 진료실에서 스스로가 기질적으로 우울감을 가지고
태어난 건 아닌지 묻는 분들을 만납니다. 질문에 답을
드리자면… 네, 물론 있습니다. 남들보다 기본적으로 에너지

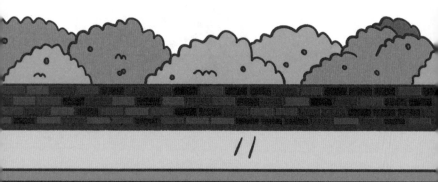

레벨이 낮거나 쉽게 무기력감을 느끼는 분들도 종종 있어요.
하지만 섣불리 단정하지는 않으셨으면 좋겠습니다.

나는 우울하게 태어난 사람이야.
앞으로도 나는 우울하게 살아갈 수밖에 없어.

이렇게 우울의 색안경으로 세상을 해석하게 되는 일이
발생하거든요. 아직 나를 들뜨거나 행복하게 만들 일이 생기지
않았을지도 모르고, 내가 소소한 행복감에 익숙하지 않을지도
모릅니다! 어떤 행복은 시간이 가면서 서서히 맛을 알아가는,
평양냉면 같은 녀석들도 있어요.

그러니 나를 "기질적으로 우울한 사람" 이라는 진단을 미리
붙이고 이해하지 맙시다!

자신을 불쌍히 여기는 건 스스로 더 초라하게 만드는 것일까요?
마음의 병을 인정한 이후, 이러한 생각을 더 해요.

저도 종종 생각하는걸요.
와, 나 좀 별로구나, 왜 이렇게 됐지.
다만 거기에 지금은이라는 조건을 붙여봅니다.
지금은 좀 불쌍하게 되었네, 이렇게요.

그리고
이왕 불쌍한 거,
불쌍한 나라는 녀석을
좀 적극적으로
도와주는 것도
좋겠습니다.

영원히 불쌍한 사람으로
나를 고정하진 맙시다.

선생님은 아무것도 안 하고 가만히 보내는 시간이
불안하다고 느낀 적은 없으신가요?

그게 굉장히 힘든 일이긴 합니다. 이게 참 뭘 해야
할지에 대한 이야기는 세상에 너무 많은데, 뭘 안 하는
시간을 다루는 건 아무도 알려주지 않더라고요.

하지만 텅 빈 시간에 대한 감각에도
익숙해져야 한다고 생각합니다.

사람들이 저를 싫어하는 것 같아요. 주변 사람들은 아니라고 하지만 느낌이 그래요. 저도 제가 싫은걸요.

구체적으로 내가 미움받을 만한 모습이 무엇인지 떠올려봅시다. 그게 사실 나만 아는 내 모습일 때가 많거든요.

사람들이 내가 나를 아는 만큼 알지, 그전에 관심은 있을지 생각해봅시다. 대부분 아니더라고요.

미운 모습은 조금 귀엽거나 재미있게 볼 수 있는 구석이 있을까 생각해보는 게 어떨까 싶습니다!

그럼에도 불구하고 내가 너무 싫어질 때 뭘 하면 좀 나아질까요?

다른 사람에게 조금 친절을 베풀어보는 걸 추천합니다.
곱게 꾸며주는 것도 나쁘지 않습니다.

나한테 사랑받을 짓을 좀 해보는 겁니다.
생뚱맞게 들릴 수도 있겠지만
일단 해보십시오.

천천히 나를
아껴줍시다.

인생이 너무 힘들 때 어떻게 버티면 좋을까요?

아, 요게 내 버전의 불행이구나, 하고 생각해봅시다.

따지고 보면 크든 작든 불행 하나 없는 놈은 없거든요.

시험공부를 하고 있어요. 너무 힘드네요⋯⋯.
누가 보라고 협박한 것도 아니고, 내가 한다고 한 거라서
말할 곳이 없어요.

안 그래도 힘들어 죽겠는데, 그 일을 가지고
내 마음속에서 '이게 맞나, 잘되고 있나, 외로워, 슬퍼'
라는 식의 잔소리를 하나씩 얹지 말아요.

그냥 종이에
드라이버를 꽂듯이
무심하게 뚫어냅시다.

충분히 할 수 있습니다.

행복해지려고 노력하는 모습을 보이라는 게 무슨 뜻일까요?

최근 들어 혼자 있을 때,
계속 눈물이 나는데 뭘 하면 좋을까요?

일단 끝까지 울어보는 건 어떨까요?
그럼 뭔가 떠오를지도 모르겠습니다.

때로 스스로를 우울하게 하는 생각들을
의식적으로 끊어내는 게 현명한 일일까요?

의식적으로 뭔가를 막는 건 어려운 일입니다.
쭉 떠올려보고 요 정도 결심을 하는 게 건강할 것 같네요.

아, 이런 생각이 떠오르는구나.
지금 할 거 하자!

기분이 빠르게 가라앉을 때는 뭘 하면 좋을까요.

스트레칭을 해보는 건 어떨까요?
근육을 쭉 늘렸다가 이완시키면서
몸의 긴장을 풀어내는 겁니다.

기분이 이상할 때는 컨디션을
돌아보는 것이 우선입니다!

제 삶의 유일한 목적과 즐거움은 남들에게 칭찬받는 것입니다.
위험한 생각일까요?

그렇다면 남들이 사연자님을 불행하게 만드는 것도
굉장히 쉬워집니다. 그냥 관심을 주지 않으면 되거든요.

내 삶의 통제력과 힘을
타인에게 주지 마세요.
내 안에 즐거움 하나는
꽉 쥐고 있었으면 합니다.

내 삶의 통제력
절대 지켜!

저는 꿈은 있습니다. 그런데 그 꿈을 못 이루게 될까 봐,
실패할까 봐 너무 불안해요. 어떻게 하면 좋을까요?

아무쪼록 성공하세요.
혹시 실패한다면 그때 슬퍼합시다.

할지 안 할지도 모르는 실패를 미리 당겨서
지금 슬퍼해버리면 두 배로 슬픕니다.

행복하고 싶어요.

저도요, 행복해지려고 일하고 그림 그리고 하는 거죠.
정말 미친 듯이 행복해지고 싶습니다.

근데 행복한 상태가 어떤 것인지
구체적으로 생각을 해보신 적은 있나요?
혹시 그냥 현재에서 벗어난 상태를 행복이라고
생각하시는 건 아닐지 궁금합니다.

절대 못 잊고 못 나아가고 극복하지 못할 것 같은 기간이 있었습니다. 그런데 어느새 제가 웃고 있어요. 너무 신기합니다.

누군가가 길에서 달리고 있다면
그 사람은 무언가를 쫓아가거나
누구에게 쫓기고 있는 것이겠죠.

둘 다 어쩔 수 없이 심장이 두근거리는 일이기 때문에
가끔은 무언가를 쫓고 있으면서도 쫓기는 것처럼 느껴지기도 합니다.

나에게 물어보기

오늘 있었던 일의 대부분은 어제는 생각지도 못한 일들이었죠!
그럼 내일의 불안도 마찬가지 아닐까요?
어제는, 지난주에는 무슨 걱정을 했나요? 써볼 수 있나요?
그것이 무슨 기분을 만들었는지, 그리고 어떻게 진행되고 있는지도
알려주세요. 만일 예전에 비슷한 경험이 있다면
그땐 어떻게 해결했는지도 써보면 좋을 것 같아요.

＊최근의 걱정은 무엇이었나요?

_____

_____

_____

_____

＊그 걱정을 떠올렸을 때 느꼈던 기분은 무엇이었나요?

_____

_____

_____

_____

＊최악의 경우를 상상해볼 수 있나요? 그리고 그 상상과
　지금의 상황이 얼마나 차이가 있나요?

_____

_____

_____

_____

＊비슷한 상황을 겪은 적이 있나요? 그땐 어떻게 해결했
　나요? 해결을 하지 못했다면, 그땐 지금과 어떤 부분이
　다른가요?

_____

_____

_____

_____

인간관계는

너무 어려워!

주변 사람들이 저를 닦달하고 막대하면서
기분을 푸는 것 같아요.

저는 친절한 로봇 전략을 씁니다.
'나는 친절한 로봇이다'
라고 생각하며 최대한 친절하게,
그러나 해줄 수 없는 건 확실하게
해줄 수 없음을 말해주는 거죠.

물론 개인적인 방법이고,
저조차도 이 방법을 완벽하게
구사하진 못합니다.
그러나 기조 하나가 있으면
종종 덜 불안해지기도 합니다.

힌트가 됐으면…!

타인이 무례한 말을 할 때 갑분싸 되지 않고도
잘 받아치고 싶은데 순간적으로 얼어붙어서 잘 안 돼요.

저도 그런데요? 오히려 받아치지 않아서
제가 다른 행동을 선택할 기회를 만들었다고
생각하면 그렇게 손해처럼 느껴지진 않습니다.

정말 내 인생에 중요한 사람이라면
귀한 말씀을 귀담아들어야겠죠.

아니라면,
지가 도대체 뭔데?

인간관계에 연연하지 않는 게 좋을까요?

위로하는 법을 잘 모르겠어요.

조금 부끄러운 이야기지만 저도
위로와 공감을 진짜 못하는 편입니다.

애매한 위로가 될 것 같다면
일단 지켜봐 주는 것이
더 좋은 위로가 되기도 하더라고요.

최고의 위로는…

늘 가면을 쓰고 살고 있는 것 같아요.
그래서 누구에게나 친절하지만 속으로는 아닐 때가 많고요.

가면을 안 쓰고 사는 사람이 있나
싶긴 합니다. 저도 마찬가지고요.

그것보다 내가 왜 맞지 않는 가면을 쓰고
힘들어하는지, 힘든 만큼의 보상이 있는지
생각해보는 건 어떨까 합니다!

좋지 않은 가정환경이나 관계에서 자란 사람은 후에
가정 꾸렸을 때도 비슷하게 될 확률이 높을까요?

관계가 좋지 않은 것에 익숙할지
몰라도, 그게 다는 절대 아니죠.

다시 그 수렁에
빠지는 사람도 있고,
그것을 반면교사 삼아
나아가는 사람도 있고,
대충 적절히 사는
사람도 있겠습니다.

애써 살아봐야 알죠.

처음 사람을 만나면 긴장해서 굳어 있는 편입니다.
그래서 그런지 사람들이 저를 어려워해요.
친근하게 보이고 싶네요.

내가 아닌 모습을 보여주려고 하는 게
오히려 스텝을 꼬아버릴 확률이 높습니다.

경험상으로는….

78

대학 새내기입니다.
술자리에 함께하지 못해도 친해질 수 있을까요?

솔직히 다들 술 먹는데 혼자 안 먹고
있으면 좀 뻘쭘하긴 합니다만,

술이 친교의 전부는 아니겠습니다.
멀쩡할 때 좋은 사람이
더 깊은 관계를 맺을 수도 있죠!

어제 할머니를 하늘로 보내 드렸습니다.
잊고 싶지 않아서 계속 떠올리고 있어요.

마음고생을 많이 하셨네요. 할머니와 보냈던
즐거운 시간을 충분히 떠올리시고 그 기억
하나하나에 고맙다는 말을 드리세요.

분명히 좋은 곳에서
그 이야기를 들으실 겁니다.

가까운 사람들이 다치는 상상이 자주 들어서 불안합니다.
어떻게 해야 이 걱정이 없어질까요?

마음에 사랑이 많으신가 보네요!
소중할수록 잃고 싶지 않죠.
하지만 어차피 우리는 언젠가 다치고
병들고 죽고 썩어 없어집니다.

그러니까 지금 더 사랑을
나누고 잘해줍시다.
불안함보다는 고마움에
초점을 맞추는 거예요.

학폭으로 우울증을 앓은 지 오래됐습니다.
다른 건 이 악물고 극복해도 인간관계는 아직도 힘듭니다.

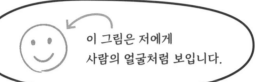

이 그림은 저에게
사람의 얼굴처럼 보입니다.

왜냐하면 이렇게 생긴걸, 저는 '웃음'이라고
배웠으니까요. 그런 제 관점으로 봤으니
당연하겠죠. 하지만 도형적으로는 단지
큰 원 안에 점 두 개, 곡선 하나일 뿐입니다.

말할 때 조심스러워 다른 사람의 눈치를 많이 봐요.
말해놓고도 혹시나 너무 함부로 말했나
여러 번 물어보게 됩니다.

첫 직장을 다닌 지 삼 주밖에 안 됐는데,
어이없는 이유로 불려 가서 혼났어요. 억울하고 분합니다.
그래도 참아야 사회생활인 거죠?

행동이 말을 못 따라가는 팀원이 너무 얄미워요.
부럽기도 하고 짜증도 나고, 어떻게 마음을 다스리죠.

놀랍게도 남들이 보는 눈이 다 비슷하더라고요.

걱정하지 마세요.

상사 때문에 너무 힘들어요.
상사가 바뀔 리 없으니, 제가 나가는 게 맞겠죠?

에이, 직장이 《배틀 로얄》인가요.

너 죽거나 나 죽거나 식으로
극단적인 생각을 하진 맙시다.

한 템포만
기다려 보기!

입사 이틀 차, 적응하는 게 너무 힘드네요.

실수했다 싶을 때는 어떻게 하면 됩니까.

평생 친구라는 게 있을까요?

있으면 좋을 거 같긴 한데,
보통은 잘 없지 않나요?

제 인생의 짐을 나눠서 질 수 있는 사람이 존재할 수 있을까요?

세상에 홀로 남겨진 거 같은 기분에 외롭고 불안하다면

혼자서 이 험한 세상 당당하게 살 수 있다면 얼마나
편리할까요? 그러나 우리는 아쉽게도 무리를 짓고 사는
동물입니다. 무리에서 벗어났다는 느낌이 들면,
생존의 본능으로 머릿속에서 삐리리 경보기가 알람이 울리기
시작합니다. 도움을 받을 수 있는 환경을 찾아보라고요.
그때 느끼는 감정이 불안과 외로움이겠습니다.

외로움과 불안의 감정이 너무 무거워서 머릿속 알람이 크게
울릴 때는 가끔 그 순서가 뒤바뀌기도 합니다.

"이 알람을 끄기 위해서는
반드시 누군가가 필요해!"라는
생각이 들곤 하죠. 그래서
관계에 끌려다니기도 하고,
누군가 꼭 있어야 한다는 기분에

친구?

11

아무나 곁에 두려 하기도 합니다.

사람들을 각각의 섬이라고 비유한다면, 섬과 섬 사이에 주고받는 물자의 내용보다, 그 사이에 있는 다리의 모양과 크기에 더 신경을 쓰는 모습이라고 말할 수 있겠죠!

진료를 하면서 관계에 대해
막연한 불안을 느끼는 분들께 종종 이야기합니다.

일단 최선의 것을 줘 보시라!

가까운 친구나 가족에게 진솔한 고마움이나 미안함을 표현할 수 있다면, 그것이 나를 구하는 방법이 되기도 하거든요. 무엇을 주고받느냐가 중요합니다.

아무쪼록 긍정적인 정서를 나누어 봅시다!

그래도 역시 사람은 못 믿겠습니다.

실재하는 이유가 뚜렷하게 있나요?
아니면 공의 궤적을 상상하시는 건가요?

빠르고 좋은 직구가 포수 미트에 두 번
꽂히면 다음 커브는 안 속기 쉽지 않습니다.
하지만 다음 공이 커브일지 직구일지는
아무도 모르죠!

오늘은 그냥 쉬어도 된다고 해주세요.

'너 때문에 애들이 힘든 거야'라는 말 듣고 퇴사를 했어요.

저의 선택을 주변에서 반대해서 눈치가 보여요.

누가 반대하는지, 왜 반대하는지
자세히 들여다보시고 참고만 하세요.
정말 중요하고 사랑하는 사람이 반대한다면
그럴 이유는 분명히 있을 겁니다.
그렇지만 내 인생은 내 것이기도 합니다.

인생은 내 것~

회사 최종면접에서 탈락했어요.
합격자 말로는 겸손함이 부족하다는 데,
성격도 고칠 수 있는 건가요?

껄끄러운 사람들을 마주칠 수도 있는 약속이 있습니다.
안 가고 싶지만 안 가면, 마음이 불편할 거 같아요.

얼마만큼 중요한 일인지 생각해봅시다.

굉장히 중요한 자리가 아니라면 저는
다른 사람의 양해를 구하고 안 가는 편이긴 하거든요.

가서 즐거운 기분을 느끼지 못하고
시간만 빼앗기는 것 같아서요.
가서 불편한 것과 안 가서
손해보는 것의
무게를 비교해봅시다.

일보다 사람 때문에 너무 힘드네요.

참 그렇더라고요. 일 힘든 것보다
사람 힘든 게 더 스트레스죠.

일은 사람처럼 능동적으로
움직이는 녀석이 아니니까요.

일단 시간을 흘려보고
조금만 힘내봅시다.

친하다고 말할 수 있는 친구가 서너 명이 되는데 괜찮을까요?
억지로라도 친구를 만들어야 할까요?

저도 학생 시절을 떠올려보면 막 베스트 프렌드가 있는 타입이 아니라서, 그런 관계를 맺은 친구들이 부럽기도 하고 그랬거든요?

근데 돌아보면 그냥 그거 사람 스타일인 거 같더라고요.

정신과 의사 캘선생의 상담소

누군가를 미워하는 게
마음의 지옥이 될 때

잠깐의 즐거움 정도로 미운 사람을 씹는 거면
나쁘지 않습니다. 스트레스도 좀 풀리고요.

그러나 계속 미움을 품고 사는 건 조금 피곤한 일입니다.
저는 미운 사람이 있으면 이렇게 빌어줍니다.

열심히 한번 잘~살아 봐!

그래봤자 그리 대단한 무언가가 되진 않더라고요.

인간이라는 동물이 싫은데 어떡하죠.

영원히 싫어하지만 마십시오.

상대도 나도 잘못하지 않았습니다. 그런데 우리가 함께하는
일은 점점 잘못된 방향으로 가고 있어요.
이런 경우도 있는 거죠?

함께 잘하려던 게
조지는 경우도 상당히 많죠.

서로를 미워하게 되지만
않았으면 합니다.

필요할 때만 찾는 친구. 어떻게 해야 할까요?

나와의 관계보다 내 도움이 더 중요한 친구라는 느낌을 받고 있으시군요.

굉장히 아니꼽게 느껴질 만한 일입니다만, 일단 도와줄 수 있는 선을 내 속에 그어 둡시다.

최대한 선의를 베풀어보고 아닌 거 같다 싶으면 쌩까도록 하죠!

선생님도 가끔 인간관계에 지칠 때가 있나요?
어떻게 해야 이 시기를 잘 지나갈 수 있을까요?

겸양이 미덕이긴 하지만, 아주 가끔은
이런 마인드셋도 필요합니다.

내가 최고고 남들은 다 바보야!!!

이걸 밖으로 꺼내는 일은
손가락질을 받을 수도 있겠습니다만,

속으로 생각하고
나를 잠깐 구하는 일이
된다면 뭐 어떻습니까?

상사를 성희롱으로 신고했다가 잘렸습니다⋯.

성희롱 신고를 한 사람을
자르는 회사라니
미치광이 소굴이네요.

잘 도망쳐 나왔습니다!

사회생활을 하면서 회식에 참석하지 않는 사람들을
보면 어떤 생각이 드나요?

대학교 때는 회식하고 모임에 환장했거든요,

그때는 새로운 사람들을 만나는 것도
즐겁고 그 사람들에게 저도 내 안에 있는
이야기들을 보여주고 싶고 그러면서
타인과 끈끈한 관계를 맺고 싶고 그래서요.

근데 이게 나이가 들다 보니, 내 안의 것을 굳이 보여줘야 하나 싶기도 하고, 누가 나온다 한들 그리 새롭다는 느낌도 적고, 집에 가면 더 재미있는 것이 많고, 체력도 부치고….

하여튼 여러모로 허들이 생기더군요. 그래서 나오는 사람이든 안 나오는 사람이든 양쪽 다 이해합니다.

힘들다.

직장 동료가 저 보고 MBTI T형 인간 그 자체라고 합니다.
꼭 남의 말에 공감을 해줘야 하나요?

공감을 해주는 척이라도 하는 게
본인한테 조금 더 좋지 않을까 싶긴 합니다.
아니면 그냥 들어주는 것이라도 괜찮습니다.

혹시 모르잖아요.

사과하고 싶은 일이 있는데,
진심을 전하려면 어떻게 해야 할까요?
용서받고 싶은 마음이 이기적인 것 같이 느껴져요.

상대가 이야기를 들을 준비가 됐는지
조심스레 확인을 해봅시다.

만일 들을 준비가 된 것 같이
느껴진다면 진심을 전하시고
사과의 문장 뒤에 굳이
부연 설명을 붙이진 맙시다.

그리고 결과를
기다리십시오.

사람 대하는 일에 현타가 세게 옵니다.

오늘 힘들어요.

힘들었던 오늘도 끝이 보일 겁니다.
내일은 어떤 의외의 무언가가
나를 즐겁게 할지, 슬프게 할지 모릅니다.

이왕이면 좋은 일이 일어날 거라고
믿고 잘 준비해봅시다.

믿어 보자.

나에게 물어보기

최근 있었던 일 중에 어떤 기분을 강하게 느꼈던 적이 있나요?
어떤 상황이었고 기분을 느꼈나요?
그리고 그 기분을 점수로 매길 수 있나요?

✳ 어떤 상황이었나요?

_____

_____

점수는? (10점 만점으로)
_____

✳ 기분은 어땠나요?

_____

_____

_____

점수는? (10점 만점으로)
_____

＊지금의 눈으로 보았을 때 점수가 그 상황에 적절한
　수준인가요?

_____

_____

_____

사랑은 어떻게

하는 거였더라?

감기에 걸린 남자친구가 친구랑 맥주 한잔하고 집에 가서 바로 잔다고 합니다. 제가 친구보다 못한 건가 싶어서 속상하네요.

오히려 친구와의 만남은 신경을 쓰지 않아도 되는 쉬운 일이라 그럴 수도 있겠죠.

욕심은 나겠지만 남자친구의 마음을 나로 100퍼센트를 채우려 애쓰진 맙시다. 서로 피곤해지고 효율 없는 노력입니다.

릴렉스~!

저는 남자친구한테 서운한 게 많은데,
남자친구는 하나도 없다고 해요.
제가 더 좋아하는 걸까요?

짝사랑과 썸 그사이 어중간한 위치인 것 같아요. 그 사람이 너무 좋다가도 또 실망하고 상처 받기를 반복하고 있어요.

사랑을 주고받기로 약속한 사이가 아니라면 굳이 기대하고 실망할 것도 없지 않나요?

그게 썸타는 시기의 유희일 수는 있겠습니다만, 그렇다고 너무 애매하게 굴고 힘들게만 하는 사람이라면 그리 추천하고 싶지는 않습니다.

일단 내가 먼저!

돌싱을 만나는 건 어떻게 생각하세요?
좋은 사람인 거 같은데,
부모님이랑 친구들한테 말을 못 하겠어요.

어려운 부분이 있겠네요.

좋은 사람이라면 만나는 게 맞겠는데,
그만큼 설득력이 필요하긴 할 것 같습니다.

스스로의 선택과 관계에
대한 믿음이겠습니다.
돌싱이 중요한 게
아니라 사람이
중요하지 않겠어요?

밤새 게임하는 사람은 애인으로 안 만나는 게 낫겠죠?

외로운데요, 소개팅, 앱, 모임 같은 노력은 싫습니다.
이러다 혼자 살게 되는 걸까요?

돈을 내야 밥이 나오죠. 그 밥이 맛있는 밥인지,
쓰레기인지는 미리 알 수 없습니다.

계속 전화하고 귀엽다고 하는 분이 있어요,
문제는 저에게만 그러는 게 아닌 거 같아요.

운동하는 사람을 만나고 싶어서 헬스장을 등록했어요.
바보 같은 짓인가요?

시간을 아주 계획적으로 사용하는 MBTI J인 사람이
자기 시간을 쓰고 있다는 건 호감으로 볼 수 있을까요?

나에게 시간을 기꺼이 내주는 사람은
고마운 사람이고 좋은 사람이
아니겠습니까? J고 아니고를 떠나서요.

잘 지내보세요.

여자친구가 있는 사람을 좋아하는 건 죄일까요?

좋아만 하는 건 죄가 아니죠. 미운 사람을 쥐어패는 생각을 한다고 잡혀가는 거 아니지 않겠습니까? 그런데요. 실제로 쥐어패면 경찰서에 갑니다.

여자친구가 있는 사람을 좋아해서 행동으로 옮기는 일도 어느 정도의 대가는 있겠습니다.

그런데 여자친구가 불쌍해서 못 헤어진다는 건 뭘까요?

자꾸만 계속해서 사랑받고 싶어 하는 마음은 잘못된 걸까요?

저도 그렇습니다.
사랑을 준 만큼 받는 게 좋은데,
이게 참 눈에 딱 보이지 않습니다.

가끔은 받고 있지만 받는 게
잘 보이지 않을 때도 있고,
준 것보다 더 큰 사랑을
받고 싶을 때도 있죠.

사랑을 느낄 방법 중 가장 확실한 행동은 무엇일까요?

연인의 별거 아닌 행동에도 서운하고 말 하나하나에 신경을 쓰게 됩니다. 마음을 좀 편히 먹는 방법은 없을까요?

연인 사이에서 각자의 표현 방식이 일치할 수 없으니 말 안 하면 진짜 모르는 부분도 있을 겁니다.

그러니 이렇게 말해봅시다.

내가 이런 기분을 느꼈다,
악의가 없는 걸 알지만
가끔은 내용보다는 전달 방식이
먼저 들어올 때가 있다.
조금 알아주었으면 좋겠다.

전 남자친구한테 구질구질한 카톡을 했는데 읽씹당했어요!
흑역사를 만든 것 같아서 괴로워요.

에이 뭐, 마음이 온·오프
스위치처럼 딱딱 꺼지겠어요.

뭐 받는 입장에서도
그러려니 하지 않을까요?

다음부터는 하지 맙시다!

주변 사람을 지나치게 잘 챙기는 남자친구가 싫어요.
인정해줘야 하는데 왜 이런 섭섭한 마음이 들까요?

사교적이고 좋은 남자친구를
만나고 있나 보군요.

좋은 사람인 걸 아니까
'그만큼 나한테
더 잘해주면 좋을 텐데…'
하고 욕심이 드는 거
아닌지 모르겠네요.

소개남을 거절했는데, 며칠 내내 감정을 토로하는
메시지가 와요. 좋은 사람인 건 알지만 지칩니다.
답장하기 싫은 저, 괜찮죠?

그냥 차단하는 건 안 되나요?

전 남자친구가 그렇게 살면 평생 아무도 못 만난다고 했어요.
그 말이 잊히지 않아요. 무슨 심리일까요?

그냥 지 마음에
안 들었다는 거
같은데요?

이상한 놈이네~

전에 썸 타던 사람이랑 우연히 만났는데
다음 주에 보자고 하네요! 어떻게 하면 잘 될 수 있을까요.

그뇌뇍

건강한 연애는 자존감 높은 사람의 특권인 것 같아요.

연애에서 갑과 을이 있다고 생각하세요?

건강한 연애는 아니겠죠!

우리가 보통 연애하는 이유가, 사랑스러운 존재에게
사랑을 받고 싶어서 하는 것 아니겠습니까.

굳이 갑과 을이 되어 가며
연애할 이유가 있겠습니까.
받고 싶은 만큼 주고
아니다 싶으면 냅다 튀어야죠.

남자친구의 여자사람친구가
자꾸 남자친구한테 카톡을 보낼 때 (🖤)를 붙입니다.
경고 카톡을 보냈는데, 잘한 일일까요?

따끔하게 혼나야죠.
그런 건….

에이~

ㄱㄴㄱ

저랑 성격, 취향, 성장배경‥‥. 다 다른 사람한테 끌립니다.
이거 그냥 얼굴 보고 좋아하는 걸까 봐 겁나요.

보통 일단 좋아하고 나서
알아보니 좀 다른 부분이 많고~.
'아, 반대가 끌렸구나!' 하던데요?

헤어졌어요.
서로 말로 잘 정리했는데도 입안에 이물감이 남네요.

마음이 없다면서 술만 마시면 전화하고 보고 싶다 하는 거.
이해할 부분이 아니고 쓰레기인 거죠?

조금 피곤하긴 하네요.
사랑하는 마음은 숨기지 않는 게
좋은 거 같습니다.

뭐, 물론 밀고 당기고 감추고 작전을
쓰는 것이 청춘의 놀이일 수도 있겠지만요.

청춘의 놀이~

며칠 전 남자친구가 바람을 피웠던 걸 알고 헤어졌습니다.
배신감이 들며 화가 났다가도 좋았던 추억이 생각나요.

마술사의 쇼가 아름다웠더라도,
나가는 길에 푯값으로 사기 치면 사기꾼이죠.

으~음.

남편이란 뭘까요?

좋아하는 사람 앞에서 뚝딱거리는 데 고칠 수 없나요?

좋아하는 사람의 이상형이 저랑 너무 달라요.
이루어질 가능성이 있을까요?

이상형은 그냥
상상력 그리기 대회
같은 거 아닐까요.

연연하지 맙시다.

오랫동안 짝사랑하다가 드디어 사귀게 되었는데,
막상 만나게 되니 그간 상처받거나
실망했던 일들이 떠올라서 종종 힘들어요.

이 녀석, 그동안 내가 이렇게 사랑스러운 사람인 줄 몰랐지?

'너 시간 날린 거야!' 하면서 사랑을 힘들게 줘봅시다. 눈물 날 정도로 후회할 겁니다.

관점을 바꿔봅시다!

남자친구가 제가 본인 인생의 걸림돌 같고
너무 애 같다고 해요.

마음에 여유가 없으면 사랑하긴 어려운 걸까요?

여유 따로, 사랑 따로 같긴 합니다.

하지만 정신이 없고 날이 서 있으면
마음을 주고받는 것에 장애물이
하나 생기긴 할 거 같네요.

안 맞는 사람이라고 느껴져 사십 일만에 이별을 고했지만
자꾸만 생각나고 연락하고 싶어요. 그러면 안 되겠죠?

혼합형(불안형+회피형)이 안정형을 만나면
안정형이 괴로워질 수도 있을까요?

뭐, 사람끼리 레고 조립하는 것도 아니고
대충 마음이 가면 만나십시오.

애인에게 덜 의존하는 방법이 있을까요?

별 기대를 안 하는 방법이 있습니다.
다시 말하자면 적절한 수준의 기대만 하는 거예요.

연인끼리 깊은 소망이나 환상을
서로에게 갖는 게 어찌 보면 당연하죠.
하지만 그게 끓어 넘치면
가끔 굉장히 집착하게 되거나
비현실적인 기대를 하곤 합니다.

이게 참….

그러니 이 사람과 만나서
얻을 수 있을 수준의 기대,

예를 들면 만나서 좋은 식사를 하는 정도만
기대하시고 나머지는 나 혼자 살아도
응당 해낼 수 있다는 마인드를 가집시다.

기대치를 적절히
맞춰봅시다.

올해만 세 번째 연애 중입니다,
연애 기간이 너무 짧은 것 같아요.

제가 남자친구를 좋아하는지 잘 모르겠어요.
만나면 여전히 즐겁고 재밌지만 전처럼 설렘이 있진 않아요.

어쩌면 지금부터가
사랑의 진짜 민낯일 수도
있겠습니다.
설레지 않는 마음은
일단 접어두고,
예쁜 정원을 가꾸는 것에
집중해봅시다.

설렘이 사랑의
전부는 아니죠.

잠깐 휴학할 예정입니다,
복학하면 CC 했던 전 남자친구랑 같이 학교에 다닐 것 같아요.

그냥 하늘에 날아다니는 멧비둘기
정도라고 생각하고 무시하십시오.

여자친구한테 친구 이상 연인 미만이란 이야기를 들었어요.

대학도 나오고, 돈도 어느 정도 벌어야 하고, 몸도 얼굴도
관리하고, 말도 잘해야 비로소 연애할 수 있는 건지 몰랐어요.

엥, 그걸 누가 독자님에게 삶의 필수조건이라고 이야기라도 했나요? 계명처럼 선고했나요?

물론 말하신 조건들이 있으면 좋긴 하겠습니다만, 조건들을 다 모은 다음 '자, 이제 연애하자!' 하는 인간이 어디 있겠습니까.

조금 몸에 힘을 푸셨으면 합니다.

소개팅남이랑 세 번 데이트했는데요, 막 좋지도 싫지도 않아요.

그러면 조금 더 보는 게 어떨까요?
저라면 몇 번 더 만나볼 거 같네요.

몇 번만 더~!

서로 얼마나 좋아해야 사귀는 걸까요? 벚꽃과 함께 주변에 CC가 엄청나게 많아져서 좀 신기한 새내기입니다.

남자친구랑 여행을 다녀왔습니다. 피곤한 채로
같이 있다 보니 안 좋은 점이 보여서 결혼이 고민되네요.

에이, 뭐. 그 사람의 상태가
그 사람의 본질을 말하는 건 아닙니다.

힘들 때는 누구나 화가 많습니다. 어쩌면 사연자님도
힘든 눈으로 남자친구를 본 것일 수도 있고요.

소통이나 상황에서
어려움이 있었다면
그 이후의 후속 조치가
더 중요할 수도 있겠습니다.

일단
다정한 연인이
되어 봅시다.

저 오늘 생일인데요, 남편에게 사랑을 고백했어요.
놀랍게도 생일이 더 행복해졌어요.

삼 년 만난 남자친구의 어머니와
하루 정도 데이트(?)를 할 것 같아요!
잘 보이고 싶습니다. 어떻게 하면 될까요?

그냥 예의 있고 진솔한 모습을
보여드리고 결과를 기다려봅시다.

그거늬

왜 이렇게 소홀하나 했더니
일 년 동안 바람을 피우고 있더라고요.
바람마저 제 잘못이라고 하더군요.

……

지랄하지 말라고 얘기했나요?
꼭 말해줘야 하는데요.

바람피우는 사람을 정신의학적으로 분석하면
어떻게 설명할 수 있을까요?

에이, 뭐. 분석까지 필요하겠습니까.

그냥 철딱서니 없는 것 정도로
생각하려고 합니다.

세련된 관계란 무엇인가요?

서로의 사랑에 무너질 듯이 감동하다가도,
가끔 생기는 실망에 대수롭지 않게
지낼 수 있는 관계가 아닐까 싶습니다.

네, 말은 쉽죠!

사랑이 뭐라고 생각하세요. 연애 삼 개월 차인데,
마음의 업다운이 심해서 이게 맞나 싶어요.

주변에서 자꾸 연애를 왜 안 하냐고 한마디씩 합니다.
요즘 들어서 위기감이 느껴져요.
점점 시작하는 것조차 부담이 되는데 어떻게 하죠?

그런 질문은 주제를 전환하려고 할 때
별 의미 없이 하기도 해요.

이야기를 하는 분들도 압박을 주려고
하는 소리는 아닐 겁니다.

천천히 쓸만한 놈이
없나 쓱, 둘러보세요.

호감은 없지만 날 좋아하는 사람과 연애하고 싶은 마음이
있어요. 이기적인 걸까요?

받는 게 있다면 줄 것을 떠올려야겠죠.
줄 마음이 생기지 않는다면 피차 괴롭습니다.

잘 살펴보세요. 이 녀석이 내가
그래도 줘볼 마음이 생기려나 하면서요.

만남은 쉽고 이별은 어려운 게 맞나요?

거꾸로인 사람들도 좀 본 거 같은데요.

우울증이 있는 애인을 정말 사랑하는데요, 감당하기 힘듭니다.
저도 같이 피폐해져요. 이기적인 건가요.

에이, 결혼한 사이도 아니잖아요. 내 그릇을
넘어선다 싶으면 다 받아주는 것도 힘듭니다.

그 사람이 주는 즐거움과 사랑도
깊이 들여다보신 다음에
양쪽 무게를 한번 따져보세요.

사귄 지 겨우 일주일. 남자친구가 자꾸 확신을 받고 싶어 해요.
전 부담스러운데요.

> 자꾸 재촉할수록 손해라는 거….
> 이게 참 아저씨가 되니까 알 거 같은데,
> 그땐 잘 몰랐네요.

굉장히 풋풋하군요.

좋아했던 사람이 이젠 저를 너무 귀찮게 해요.
사람 마음이 참 웃기네요.

그렇죠. 그러니 좋아할 때 전력으로 좋아하고
행복할 때 뒤질 것 같이 행복해야 합니다.

우리는 모두 변하니까요.

헤어지자고 하니까 울고불고 난리 치더니
다음날 바로 데이트 앱을 돌리는 심리는 뭘까요.
그냥 좋은 사람은 아닌 거죠?

수년 전 파혼을 하고 지금 좋은 사람을 만났어요.
그런데도 제가 온전히 사랑하지 못하는 느낌이 들어요.

결혼까지 생각했던 일이 그리 쉽게 잊히겠습니까.
그래도 그게 영원하진 않으리라 생각합니다.

어느 순간에는 떠올려도
별일이 아니었던 것처럼
느껴질 때가 올 겁니다.

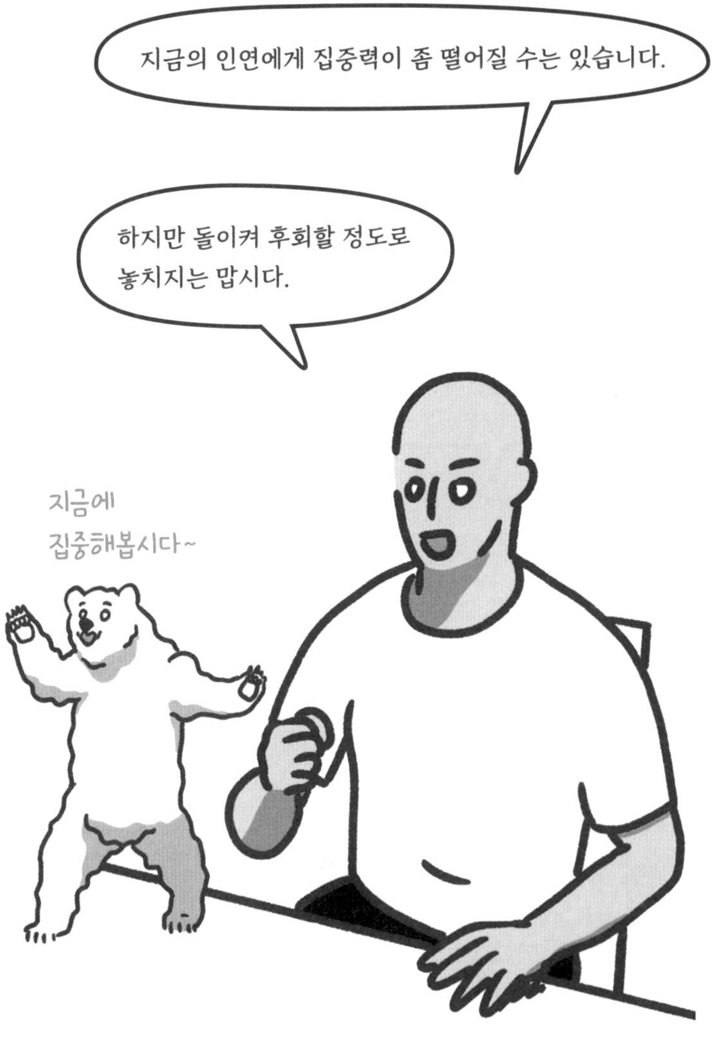
지금의 인연에게 집중력이 좀 떨어질 수는 있습니다.
하지만 돌이켜 후회할 정도로 놓치지는 맙시다.
지금에 집중해봅시다~

기약 없는 장거리 연애 중입니다.
저는 만족 중인데, 주변에서 자꾸 뭐라고 해요.

남의 일은 보통 자고 일어나면 까먹는 수준
이상의 것이 잘 없습니다.

그래서인지 이러쿵저러쿵 말 한마디 하기도 쉽죠.
제일 중요한 건 이야기 안에 살고 있는
본인이 어떻게 느끼는지 아닐까요?

누군가를 그만 생각하고 싶은데,
계속하게 되는 스스로가 안쓰럽고 한심해요.

그 사람이 그만큼 중요한가 보네요.
아니라면 중요한 만큼만 생각합시다.

취준생입니다, 전 여자친구를 못 잊는다며 떠난
전 남자친구는 여행도 다니면서 잘 사네요.
너무 슬픈데 하필 오늘 하루도 너무 힘들어요.

떠난 놈이 집에 있든 여행을 떠나든,
누구를 만나든, 헤어지든, 뒤지든, 말든.

일단 남이 된 상황이라면 내 행복이랑은
아~~ 무 관계가 없는 놈입니다.

...

사람은 고쳐 쓰는 게 아니라는 말은 왜 있는 걸까요?
사람은 변하는 존재가 아닐까요?

왜 어떤 사람들의 슬픔은 너무 예쁘고 우아하고 그러나요?
내 슬픔은 퀴퀴하기만 한데요.

좋아하는 사람이 저를 좋아하지 않아요.
어쩌면 좋을까요?

정신과 의사 캘선생의 상담소

내 마음대로 되는 게 정말 하나도 없을 때

언젠가 불행과 슬픔이 나를 덮쳐올 때 "왜 하필 나에게 이런 일이?"라는 문장이 떠오르곤 합니다. 그 문장에서 시작한 생각은 종종 걷잡을 수 없이 퍼져서, 내가 맞닥뜨린 이

어려움은 세상 사람 중 오직 나만이 겪는 특수한 종류의 슬픔처럼 느껴지기도 합니다. 이는 다시 온전히 감내해야 하는 나에게 굉장한 부담처럼 다가오고, 내가 느끼는 불편한 감정마저 적절하지 않은 것 같아 보이기도 하죠.

그럴 때는 내가 처한 상황을 담백하게 글로 써보고, 내가 아닌 다른 사람이 이런 일을 겪고 있다고 생각하며 다시 읽어보는 것도 좋은 방법이 됩니다. 내가 겪고 있는 어려운 상황은 대부분 내가 아닌 다른 사람이 겪는다고 할지라도 나와 비슷한 감정을 느낄 것일 테니까요.

슬픔에 군살을 붙이지 말자는 것입니다. 누구라도 슬픈 감정을 느낄 일이라면, 보편적으로 슬퍼할 만큼만 슬퍼해야 한다고 생각합니다. 그 감정에 새로운 서사를 부여해서 나를 두 배로 힘들게 할 이유가 없습니다! 당신께서 당연히, 잘 이겨내리라 생각합니다.

이별이 괜찮아졌다 싶은데, 때때로 어제 일처럼 아파요.
헤어짐을 제가 제대로 받아들인 건지 궁금해요.

오락가락하면서 고요로 수렴하는 거죠.

단단하게 잘 만들어
서랍 속에 쏙 넣어두길 바랍니다.

왜 외로울까요?

나에게 물어보기

사랑하는 사람과 함께 있나요? 가족이나 친구, 연인이요!
언제 가장 사랑받는다는 느낌이 드나요?
그리고 그럴 때 어떻게 사랑을 되돌려주나요?
상황을 자유롭게 써봅시다!

＊ 사랑을 느꼈던 상황은 언제인가요?

_____

_____

_____

_____

＊ 당신은 어떻게 행동했나요?

_____

_____

_____

_____

＊혹시 사랑한다는 말, 고맙다는 말, 미안하다는 말을
아끼고 있지 않나요? 그렇다면 한번 표현해봅시다.

나 지금 이러고

있어도 되나?

이 선택이 맞는 걸까요?

얼추 맞다 싶으니 선택한 거겠죠.

만일 미래에 후회하게 되더라도,
부디 후회를 지금으로 당겨서
선결제하진 맙시다.

자신을 위한 투자에 망설이게 돼요.
투자를 안 하자니 발전이 없고,
하자니 입에 풀칠하기에 바쁘고.

모든 것은 균형이 아니겠습니까.

냉정해지십시오.

Be cool~

새로운 업무를 맡게 되면 중압감이 커서 일을 시작하기 전부터 두려움이 앞서요.

우리는 쉽게 잘못될 가능성을 과대평가하고, 스스로의 대처 능력은 과소평가합니다.

곰이 나타나면 쏠 총 하나랑 도망갈 차 한 대만 갖춰두세요.

직장생활 외에 뭘 해야 할지 모르겠어요.

강박사고를 대하는 가장 효과적인 방법은 무엇일까요?
몇 년째지만 참 어렵습니다.

잠이 안 올 땐 어떻게 하면 좋을까요?

한 달에 삼십 일 잔다고 하면 삼십 일 내내 푹 잘 자는 놈이 이상한 놈입니다.

오늘은 그런 날인가 보다 하고 최대한 몸과 마음을 이완시킬 방법을 찾아봅시다.

저는 가끔 현실과 굉장히 동떨어진 일, 이를테면 '날개 달린 돼지에 매달려 하늘을 날아다니는 내 모습' 등을 떠올려보기도 합니다.

만일 긴장으로 인해 잠을 못 잔다면, 그런 긴장을 만들어내는 것들은 대개 현실의 무언가입니다. 그래서 그 반대쪽으로 한번 뛰어보는 거죠. 가끔 도움이 되곤 하더라고요!

오늘은 억지 미소를 짓고 일했어요.
미소라도 안 지으면 눈물이 흐를 것 같습니다….

변하고 싶지 않아요.

스스로의 모습에 만족을 하시나 보군요.
부럽고 좋은 일입니다. 하지만 당연히 우리는 변할 거예요.
어쩔 수 없어요.

저도 십 년 전, 이십 년 전 저를
지금 다 불러서 모임을 한다면
서로 알아보지도 못할 것 같습니다.

우리 모두 변해가는
스스로의 모습에
만족하고 즐길 수 있길
간절히 바랍니다.

하기 싫을 땐 안 하는 게 좋을까요?

그런 고민을 하시는 것을 보아하니,
왠지 안 하셔도 되는 일 같긴 합니다.

혼잣말을 많이 해요. 안 좋은 습관일까요?

폐를 끼치거나 나쁜 인상을 만든다면 안 좋겠죠.
그게 내 생각을 정리해준다면 좋은 습관이겠고요.

상황에 따라?

이타심이 병적으로 심해요. 어쩌면 좋을까요?

손절한 사람이 다른 사람에게 자꾸 제 안부를 물어요.
미안하다면서···. 용서하기 싫은 저만 나쁜 사람이 되네요.

아, 제가 비슷한 일을 겪은 적이 있거든요?
미안하면 찾아와서 직접 사과를 해야죠.

어딜 주변에 미안한 척 분위기만 풍기면서
나쁜 사람 만들기 작전을 씁니까. 내가 마음이
너그러워질 때 받을 수 있는 것이 사과죠.

감정의 통제를
내어주지 맙시다.

어떤 일을 선택할 때, 머리를 따르시나요? 가슴에 따르시나요?

약간의 계산만 하고
직관적인 선택을 지릅니다.

많은 정보가 꼭 좋은 선택으로
이어지지는 않는다는 말을 믿습니다.

모든 일에
예민해져 있는 것 같아요.

이번 주말에는 잠부터
푹 자보는 게 어떨까요?

ZZZ

일중독이 온 거 같아요. 모든 부분에서 조급함을 느껴요.

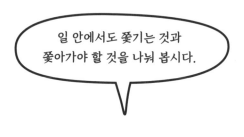

일 안에서도 쫓기는 것과
쫓아가야 할 것을 나눠 봅시다.

약간은 우선순위가
생기긴 하더라고요.

성인 ADHD의 주된 증상이 무엇인가요? 저는 산만하단
이야기를 살면서 들어본 적이 없는데 진단받았어요.

성인의 경우 과잉행동보다는
주의력 결핍이 더 도드라지는
양상이긴 합니다.

더 자세한 것은 진단하신
선생님에게 물어보는 게
좋을 거 같아요.

촉이나 직감이라는 건 괜히 있는 말이 아니겠죠?

이게 살아온 빅데이터를 무시할 수는 없습니다.

하지만 그만큼이나 고정된 관념으로
남과 상황을 보려 할 때도 있습니다. 우리의 뇌는
'그럴 줄 알았어!'라고 말하길 좋아하기도 하고요.

중요한 건
균형 있는 판단이겠지요.

운과 재능이 없는 데 성공할 수 있을까요?

성공이라는 단어처럼 모호한 게 잘 없긴 합니다.

범위를 조금 좁혀 '오늘 하루'를
성공하기 위해서라면…?
절실하게 필요한 녀석들은
아닐 것 같습니다.

성공은 오호해~

돈을 얼마나 버는지는 정말 행복과 관계가 없을까요?

솔직히 거짓말이라고 생각합니다.

돈이 많으면 일단 좋을 것 같습니다.
적어도 돈이 없어서 불행하지는 않겠죠.

다만 가치판단의 기준을
하나의 가치에 몰빵 한다면
쉽게 불행해질 수 있습니다.

술을 끊는 게 힘들어요. 의지의 문제일까요?

살살 줄이면 되죠.

한 병 먹을 것 반 병 정도로만 줄여봅시다. 혼자 먹지 말고요. 이왕 마실 거면 사람들이랑 즐겁게 먹읍시다.

소모적으로 마시지는 말자는 말씀입니다.

술 없이 맨정신으로 이 각박한 세상을 어찌 삽니까~

스무 살 때부터 생활비, 학비를 벌어서 썼습니다.
삼십 대가 되도록 모은 돈이 별로 없어요.
큰돈이 필요할 때 빈털터리일까 봐 불안합니다.

고생하셨네요. 현재 좋은 날들은 아마 그때의 시간이
만들어냈을 거로 생각합니다. 지금 그런 불안을 겪는다고
말하지만, 그 이면은 미래에 대한 준비처럼 느껴집니다.

그래서 저는 오히려 걱정되지 않네요.
생길지 안 생길지 모르는 불행이잖아요!
그런 일이 생길 확률을 줄여 나가고 계시죠?

응원해요~

만일 그런데도
힘든 일이 생긴다면,
그럼 그때 힘들어합시다!

저는 아직 제 인생에서 행복 또는 재미를 못 찾은 거 같아요,
다른 사람들도 그럴까요?

지속적으로 인생의 오랜 기간 행복이 되는,
그런 굉장한 재미라…

저도 아직 없었던 거 같습니다.
순간순간 좋은 감각, 재미있는 생각에
따라 사는 거죠.

순간의 연속이
인생의 역사가 되는 거
아니겠습니까.

최애에 대한 과몰입은 무조건 안 좋은 걸까요?
과몰입하면 스트레스받고 덜 몰입하면 재미없더라고요.

이유 없이 화나요. 시간이 지나면 괜찮아질까요?

친구들이랑 여행에 갔다가 어제 돌아왔는데,
하루 종일 마음이 헛헛하네요.
리프레쉬할 만한 거 추천해주세요.

리프레쉬 잘하고 온 거 아닌가요?
이제 본업에 집중해봅시다.

대책은 없지만 퇴사하기로 했어요. 큰일났지만 행복해요.

젊음은 어떻게 쓰는 게 좋을까요?
이것저것 다 도전하고 싶다가도
나만 뒤쳐지거나 골로 갈까 봐 무서워요.

그 시간은 성취의 시간이 될 수도 있고,
과정의 시간이 될 수도 있으며,
태도를 배우는 시간이 될 수도 있겠습니다.

하고 싶은 게 확실하다면,
웬만하면 하는 게
맞지 싶습니다.

!!

천천히
살펴보아요~

불면증을 운동으로 극복하려고 해봤지만 실패했어요.
약을 먹는 게 나을까요? 약은 무서워서 못 먹겠더라고요.

약은 수단일 뿐입니다.

약이 필요할 정도로 심각하다는
느낌이 든다면 겁내지 마세요.

근처 정신과에 가볍게 찾아오셔서
이야기를 나눠보는 게 좋겠습니다.

다 귀찮은데, 무슨 재미로 삽니까?

한번 사는 인생 해보고 싶은 거 하면서
살자는 말에 어떤 생각을 하는지 궁금해요!

감당 못해서 도망쳤는데, 그때가 더 행복했다면
저는 잘못된 선택을 한 걸까요?

선택의 순간에서는
가장 옳은 선택을 한 것이겠죠.

결과는 아무도 모릅니다.

잘 선택한 것이라
믿어봅시다.

이십 대가 너무 외롭게 지나가는 것 같아서 아쉬운데,
시험에 붙으면 다 괜찮겠죠?

아뇨, 시험에 붙든, 안 붙든 행복해질 것이라는
낙관을 품었으면 좋겠습니다.

저는 의대 시절 의사만 되면
다 괜찮아질 줄 알았습니다.
하지만 아니었습니다.
전문의만 따면
괜찮아지겠지 했습니다.
하지만 그것도 아니었습니다.

산 너머 산…

남의 돈‥‥. 벌기 힘드네요. 흑흑.

밥벌이는 고통이 베이스인 것 같습니다.
취미도 돈벌이가 되면 고통이더군요.

파이팅~!

퇴사할 이유가 크게 없는데,
만족을 못하고 뭔가 자꾸 도전하려 하는 심리가 무엇일까요?

사연자님에겐 뜨거운 게 하나 있는 것 같습니다.
없는 것보다는 나은 거 같다는 생각이 드네요.

그게 열정이 아닐까요?

산만한 성격이라 책상에 앉아서 쭉 공부하는 게 어려워요.
집중력은 어떻게 높일 수 있을까요?

자신에게 던지는 명령어는
간단명료한 게 좋습니다.

저는 짧게 끊어가려고도 합니다.

예를 들면,
'영어랑 수학을 공부해야지!' 보다는
'15시부터 17시까지는
세 번째 챕터 문제를 풀고 채점해야지!'
라는 식으로 말이에요.

오늘부터 휴가입니다.
회사는 생각하지 않고 실컷 놀아도 되겠죠?

언젠가 난치병을 판정받고 죽음에 대해
곰곰이 생각해본 적이 있었습니다.
사흘 정도 지났을까요? 다행히 오진이었고, 맘고생도
거기까지였죠. 그리고 문득 거리를 둘러봤습니다.
나 하나 없이도 세상은 너무 잘 돌아갈 것 같더군요.
그러고 나니 마음이 오히려 편해지더라고요.

그렇게 믿어봅시다.

조잘

조잘

정말 급하면
전화 오겠죠, 뭐.

타지생활의 꿀팁을 주세요!

저도 언젠가 시골에서 일을 한 적이 있는데,
여행한다는 생각으로 의외의 것을 찾아
돌아다니는 것이 꽤 즐거웠습니다.

미지의 세계를 탐험한다는
마음으로 돌아다닙시다.

뭔가 꾸준히 못 하는데 어떻게 개선이 될까요.

저도 산만한 편이라 그게 참 힘든데, 그럴 땐 오히려 루틴을 만드는 게 도움이 되더라고요.

이전 책을 쓸 때는 글쓰기 전 한 시간씩 운동하고, 심박을 끌어올린 다음 그 에너지를 바탕으로 글을 한 챕터씩 쓰기도 했습니다.

뇌로 가는 혈류량을 심박으로 올려 창작에 활용하는, 나름 저만의 비법입니다.

인생에 정답은 없다고들 하지만
뭔가 어떤 걸 안 하거나 놓치면 큰일날 거 같은,
그런 기분이 계속 들어요.

보통 놓칠 때는 다른 걸 잡으면서 놓치지 않나요?

무엇을 잡았는지
자세히 보는 것도
중요합니다.

무엇을 잡았을까?

무언가를 놓아야 하는 것이 막연하게 불안하다면

살다 보면 잘 잡는 것에 대해서는 저마다 방법과 참견이 참 많은데, 잘 놓는 방법에 대한 건 아무도 잘 알려주지 않습니다. 그래서 사람들은 놓는 것에 대해 막연한 불안감을 느끼는 것 같아요. 저조차도 그런 불안에서 벗어날 수 없더라고요.

어느 날, 식당에서 음식을 기다리면서 휴대전화를 잡고 있다가 머리가 아파 고개를 들어 주변을 둘러봤습니다. 이전에도 몇 번을 갔던 식당이었지만, 그제야 식당의 분위기와 실내장식을 둘러보게 되더라고요. 들려오는 음악에 귀 기울여보니 사장님은 좋은 재즈 애호가인 듯했습니다. 좋아하시는 듯한 작가의 책들이 책꽂이 한편에 수줍게 꽂혀 있었고요. 벽 한쪽에는 이국적인 여행지의 기념품들이 두서없이 다닥다닥 붙어있었습니다. 부엌에서는 향긋한 카레 냄새가 나서, 다음에는 카레를 시켜보아야겠다고 생각하기도 했습니다. 의도한 바는 아니었지만… 그날의 식사는 이전보다 몇 배는 더 풍성한 점심이 되었지, 뭡니까.

막연한 불안감은 잠시 접어 둡시다. 그리고 형체가 없어 잡을 수 없는, 경험을 내 손에 쥐어 보는 시간을 가져 보아요. 길가에 핀 꽃이나 하늘을 쳐다볼 수도 있습니다.

놓칠 때 잡을 수 있는 것들에 대해 남겨주시면 좋겠습니다.
아래 여백에 적어두면 좋을 것 같아요.

하고 싶은 일이 있어서 매일 노력하는데 너무 지치고 외로워요.
어떻게 해야 할까요?

사건에 서사를 담지 않으려는
자세가 중요하겠습니다.

매일 노력하는 일은 매우 지치고 외롭습니다.
그렇지 않은 게 이상한 일이죠.

다만 거기서
자기 연민을
쌓지 마시고,
쭉쭉 밀고 가세요!

이제 서른입니다.
해왔던 일과는 전혀 다른 분야에 도전해보고 싶어요.
너무 늦거나 무모한 도전일까요?

시기적으로 불가능한 일을 하는 것,
가령 제가 키가 더 크는 일을 계획하는 건
너무 늦거나 무모한 도전이겠지만
뭐 그 정도는 아니잖아요?

하면 되는 거죠.
아니면 안 하는 거고요.
대신한다면 딱 집중해서
풀스윙을 돌리세요.

255

마음의 병 때문에 병가를 신청하고 몇 개월 쉬려고요.
근데 어머니가 남들도 다 힘들다 하시며 인정을 못 하시네요.

가뜩이나 마음이 어지러운데
더 섭섭하겠습니다.

물론 어머니가 내 마음을 알아주면
너무 좋겠지만, 또 공감을 맡겨놓은 건
아니지 않겠습니까.

내 마음은 내가 제일 잘 아니까
잘 선택했다고
믿고 철저히 잘 휴식해서
또 뛰쳐나가 봅시다.

하고 싶은 직업이 생겼는데,
공부를 시작할 용기와 힘이 없어요. 무기력 그 자체.

오늘 밤늦게 공부하기 vs. 내일 일찍 일어나서 공부하기.

자기 잘못을 인정 못 하는 사람은 왜 그런 걸까요?
남 탓을 하면 자기 마음이 좀 편해지나.

남 탓을 하는 일은
'책임 마이너스 통장'이라고 생각합니다.

마이너스 통장에는
이자가 붙죠.
미루는 만큼 대가가
늘어나지 않을까요?

마음의 여유가 없습니다.
그러다 보니 극복했던 문제들까지 저를 다시 괴롭히네요.

마음이 어지러우면, 예전에 다른 일로
마음이 어지러웠던 것까지
함께 소환되는 경향이 있습니다.

불안을 느끼는 것을 통해 다른 불안 요소는
없나 스스로 재평가하는, 지극히
본능적인 활동이라 할 수 있겠습니다.

그럴 수 있으니
지금 걱정할 것만
집중해서 봅시다.

요즘 큰일을 치르고 있지만 괜찮은 척, 쿨한 척하고 있어요.
그런데 가끔 가만히 있다가도 화가 치밀어 올라요.

큰일이 아니면 화도 안 났겠죠.

뭐, 나라는 녀석이 화를 씩씩하게
내고 있다고 생각하시는 게 좋을 듯합니다.

억울해서 막 따지고 싶은데 어떻게 참나요?
잘 말하는 게 낫나요? 아니면 참고 넘어가는 게 낫나요?

자퇴에 대해서 어떻게 생각하나요?

자퇴가 내 길이다 싶으면 하는 거죠.

내가 태어나기도 전에 남들이 가꾸어 놓은 길,
체질에 안 맞으면 굳이 다 따라가야 할 필요는 없습니다.

대신 설득력이 필요합니다.
아주 조심스럽고
냉정하게 잘 살펴보세요.

이직 고민 중인데 두려운 게 너무 많아요.

풀카운트에서는 과감히 큰 스윙을 해도 좋고 과감히 공을 보는 것도 좋습니다.

애매한 번트*만 하지 마세요.

* 야구 배트를 휘두르지 않고 공에 야구 배트를 갖다 대듯이 가볍게 밀어 공을 내야에 굴리는 공격 기술.

이직을 앞두고 새로운 회사에 적응할 생각을 하니
조금 걱정이 됩니다.
다른 직장인 분들도 이런 부담감을 느끼고 이직하는 걸까요?

완전히 취한 상태에서 나오는 말은 어느 정도 진실일까요?
아니면 진짜 헛소리일까요?

학벌이 밥 먹여줄까요.

밥 먹여주는 학벌도
더러 있긴 하지만,
밥은 보통 본인이 찾아 먹어야죠.

스마트폰 중독은 어떻게 고치나요?

미래의 일, 과거의 일, 남의 일,
나와 관련 없는 세상의 일 등등.

스마트폰은 내 손 바깥의 통제할 수 없는 일을
내 손 안에서 보여줍니다. 그러면서 우리가
통제감을 느끼도록 착각하게 하게 만들죠.

스마트폰 좋죠. 재밌고요.
저도 없으면 불안합니다.

하지만 스스로가 중독이라고 느끼고,
또 벗어나고 싶으시다면
일단 정말로 내 손 안에서
나의 통제를 받아야 하는 일에
오롯이 집중을 해보길 바랍니다.

SNS로 영업하는
제가 말하기엔
조금 염치없긴
하네요….

유학 중입니다. 잘 안 맞는 것 같아서 다 포기하고 갈까 싶어요.
제가 나약한 걸까요?

이게 피곤하고 쫓길수록 마음이 모 아니면 도,
이렇게 극단적으로 생각이 들거든요.

성공/실패, 나랑 맞다/안 맞다,
계속할까/때려치울까,
내가 잘하는가/나약한가.

이런 식으로 생각하는 건 그만두고,
푹 자고 맛있는 거 먹으면서
며칠 느긋하게 몸을 만듭시다.

그리고 모와 도 사이에 있는
여러 옵션을 생각해보세요.
정 아니다 싶으면 때려치우는 거죠.
때려치우는 것이 나약한 인간이라는
증거는 아닐 것 같습니다.

정신적으로 항상 제자리이네요. 저 자신이 한심합니다.

다들 약간씩은 철없이 살고 있지 않나요?

일단 저부터···.

회피는 당연한 반응일까요?

예, 맨날 죽창 들고 싸울 수는 없지 않겠습니까.

가끔은 튀어야죠. 상황에 대한 회피의 적절성을 평가하는 게 더 중요하지 않을까요?

무엇을 보고 도망가는가에 대한 판단을 해봅시다.

물 흐르듯 살고 싶은데, 종종 불꽃이 없는 것 같아 갑갑해요.
인생에 열정이 없는 거죠.

달려갈 때도 있고 쫓길 때도 있겠습니다.

가장 중요한 건 어느 쪽이든
내가 좋은 방향으로
움직이고 있다는 사실입니다.

여러 관점으로
보아요~

이미 늦었다는 생각에 때려치우는 버릇이 있어요.
지금도 불안해서 시작하기 힘든데 어쩌죠.

완벽쟁이들이 오히려 쉽게 때려치우곤 합니다.
왜냐하면 완벽해질 거 같지 않은 기분이 들거든요.

물론 궁예질이긴 하지만,
조금 내려놓으세요.
그냥 하면 하는 거
아니겠습니까.

어떤 마인드셋을 가지면 잘 살아갈 수 있을까요?
선생님은 어떠신가요?

마인드셋 같은 거
가지지 말자!
이런 것도 마인드셋이라고
할 수 있을까요?

최대한 유연하게
지내고 싶은
마음입니다.

노력이 재능을 이길 수 있을까요?

노력하는 사람은
재능이 아예 없나요?
재능이 있는 사람은
노력을 전혀 안 하나요?

충동구매를 너무 자주 하는 것 같아서 고민입니다.

새벽에 충동구매로 100만 원을 결제했어요.
현실을 회피하고 싶어요.

에이, 뭐. 사람들이 항상 냉정한 소비만 하겠어요,

지른 거 환불도 안 되면 일단 그걸로
실컷 즐기고 다음에는 자제합시다.

돈은 돈대로 신나게 쓰고
하루를 망칠 순 없죠.

경험vs. 돈

경험을 선택하면 후에 큰돈은 못 벌 가능성이 커요!

좋아하는 일 vs. 잘하는 일,
어떤 걸 직업으로 삼아야 할까요?

그냥 하는 일, 그냥 할 수 있는 일이
좋은 게 아닐까요?

제가 의도치 않게 투잡맨이 되었는데요.
그러다 보니 꾸준히 할 수 있는 일에
관해 생각이 많아집니다.

관심 있는 일 vs. 전망이 좋은 일,
선택이 고민입니다.

균형을 잘 찾아보세요. 좋아하는 것이 확실하고,
그 일의 전망이 아주 어둡지 않으면
그쪽을 조금 더 추천합니다.

전망이라는 건
세상의 변화에 따라
시시각각
달라지는 것이라
일견 도박 같은
부분도 있거든요.

내일 출근하기가 너무 두렵고 무서워요.
벌써 육 년 차인데도요.

두려워하는 만큼 큰 문제를 만든 일은
거의 없지 않습니까.

대개는 육 년 동안 잘 처리하셨을 거 같습니다.

내일은 내일의 나에게
대충 떠맡기고
오늘은 일찍 자봅시다.

한 회사에서 일 년을 못 버티고
삼 개월마다 이직하고 있습니다, 제가 너무 나약한 걸까요.

일머리가 좋아지는 법이 있을까요?

화가 나면 화가 나게 만든 대상을 패고 싶어요···
오늘은 서류 탈락한 회사를 패고 싶네요····.

정말로 사랑하는 일을 직업으로 삼으면
유일하게 사랑하는 것마저 사라질까 두렵습니다.

만나기 전에 왜
헤어질 걱정부터 하십니까.

학교 폭력을 저질렀던 친구는 이혼하고,
데이트 폭력을 저지른 전 남자친구는 파혼했네요.
저는 행복(💔)하게 사는 중입니다.

왜 인생이 항상 불만족스럽고 모자란다고 생각하는 걸까요,
이 정도면 괜찮은 삶이라고 느끼고 싶어요.

오늘도 열심히 살았습니다?!

아르바이트를 하고 왔어요.
제가 실수를 많이 하는 것 같아 슬퍼요.

'부려 먹기에 피곤하면 자르겠지'
하는 생각을 품고 대충 열심히 일해보죠.

뭐, 부려 먹기
피곤하면….

주말에 일하는 사람에게 한마디만 해주세요.

무슨 일을 하는지는 모르겠습니다만,
소중한 주말에 일해주셔서 고맙습니다.

고마워요!

돈 vs. 꿈.

대학생의 낭만이라고 불리는 것들을 하기 싫어요.
MT나 동아리 같은 거요. 만남이 지칩니다.

제가 십 년 전에 친구랑
미국 여행을 갔던 적이 있습니다.

친구가 사진 찍을 때, 약간 저는
'풍경은 눈에 담아야지!'라고
소리치면서 거의 안 찍었거든요?

그런데 지금 와서
친구가 찍은 사진으로
여행을 추억하자니
조금 내 추억이 아닌 거 같고
머쓱하긴 하더라고요.

꼬리에 꼬리 무는 걱정들을 없애고 싶을 때

저도 걱정 하나에 푹 빠지는 편이긴 합니다. 특히나 어떤 상상은 걱정을 만들고, 그 걱정을 잠재우기 위해 다른 반론을 떠올리고, 그 반론에 허점을 찾아 또 다른 걱정을 하고. 이러다

11

보면 한두 시간은 훅 가더라고요? 머릿속에 상상의 메아리가
울리는 기분이 들 때도 있습니다.

저는 그럴 때일수록 '그래서 지금 뭐 할 수 있는 게 있나?'
하면서 조금 털어보려고 하곤 해요.

미래에 닥쳐올 낮은 확률의 문제들에 대해서는, 상황에 관한
나만의 프로토콜*을 만들어 둡니다. 고민이 떠오르는 것을
멈출 수 없다면 대책을 어디에 써두는 것도 도움이 됩니다.
눈에 보이는 계획은 생각보다 큰 위안이 되거든요. 그리고 지금
당장 할 수 있는 게 없다면 걱정을 미루기도 하고요. 우리가
미루는 건 잘하잖아요? 막연한 걱정 또한 미루지 못할 것이
뭐가 있겠습니까.

《헨젤과 그레텔》 전략이라 할 수 있겠습니다. 코앞의 빵
부스러기에 집중하면서 쭉쭉 가봅시다. 물론 쉽지 않은 건
알지만요!

＊한 장치와 다른 장치 사이에서 데이터를 원활히 주고받기 위한 여러 가지 약속.

그런 류의 질문은 대체로
기분에서 오는 문장들이 많더라고요.

이게 맞나, 왜 살고 있지,
이게 다 무슨 의미지
같은 거요.

아무도 대답해줄 수 없고 뾰족한 답도 없는 질문이
떠오를 때는 거꾸로 아, 지금 내 기분이 불안정하구나
정도로 생각하고 넘깁시다.

아~하!!

나에게 물어보기

잘 쉬고 있나요?
오늘 하루, 스스로에게 다양한 감각의 즐거움을 얼마나 주었나요?
어떤 것을 보았고, 어떤 소리를 들었으며, 어떤 냄새를 맡았나요?
또, 어떤 상황에서 무슨 일을 했을 때, 편안함을 느끼나요?
그리고 그럴 땐 보통 어떤 생각이 드나요? 어떤 감각을 통해
편안함을 느꼈고, 그럴 때 떠오르는 기억이나 생각이 있나요?

＊ 어떤 상황에서 편안함을 느꼈나요?

_____

_____

_____

_____

＊ 어떤 감각이 편안함을 주었나요?
　어떤 기억과 생각이 났나요?

_____

_____

_____

_____

* 혹시 '이래도 되나?'하는 생각을 하는 건 아닌가요?

_____

_____

_____

_____

_____

_____

_____

_____

_____

_____

그래, 꽤

나쁘지 않아

나는 너를 불안하게 하지만

너에게 새로운 세계를 열어주기도 해.

우리 잘 지내보자!

인생이 허무하다고 느껴집니다. 어떻게 극복해야 하나요?

불안이 괴롭혀도
휘둘리지 않기!

건강한 삶을 위해 뭐가 가장 필요하다고 할까요?

지금 믿을 수 없이 행복해서
이 행복이 언제 끝날지 너무 무섭네요.
마치 낭떠러지 있는 꽃길을 걷는 느낌입니다.

지금 즐기지 못하면 이거 끝나고
'아, 그때 즐길 걸' 하면서 후회합니다.

좋은 노래가 나올 때는
노래가 끝날 때까지
땀을 뻘뻘 흘리면서
춤만 추세요.

행복은 행복으로 돕시다!

이십 대는 꼭 빛나야 할까요?

스무 살 새내기에게 조언 한마디만 부탁드려요.

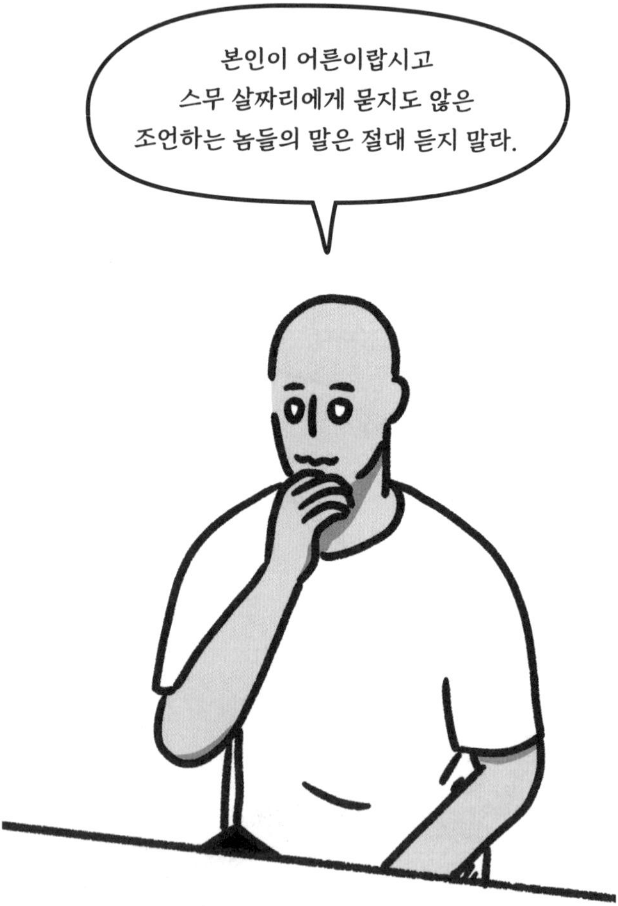

취미 같은 걸 키우라는 이야기를 듣곤 합니다.
그런데 제가 뭘 좋아하는지 모르겠어요.

거창하게 취미를 만들지 않아도, 감각적인 레벨에서
환기를 시켜줄 만한 일, 냄새, 맛, 촉감 등에 대해
귀 기울여보는 건 어떨까 싶어요!

보통 그런 일이 취미나 취향을
만들어주기도 하거든요.

죽은 사람이 더 불쌍할까요? 남은 사람이 더 불쌍할까요?

과거로 돌아가고 싶으면 어떻게 해야 할까요?

왜 좋아하는 걸 하고 살 용기를 내지 못했을까요.

지금이라도 반짝거리는 것이
하나만 있다면 살짝 걸쳐보십시오.

굉장한 용기가 아니더라도
살짝 깔짝거릴 순 있지 않겠습니까.

하여튼 즐거움을
찾을 수 있었으면 합니다.

적당히 깔짝거려봅시다!

인생을 조졌습니다.

부디 시시각각 변하는
지금의 과정이라는 시간을
통째로 '결과'라고
생각하진 않았으면 좋겠습니다.

오늘이 세계의 마지막 밤이라면 무엇을 하면 좋을까요?

사는 게 지겹고
무의미하게 느껴질 때

마음이 지치고 여유가 없을수록 우리의 사고는 쉽게 판단하고 때 이른 결론을 지으려 합니다. 그래서인지 우울한 기분에 빠지면 쉼 없이 흘러가는 이 시간의 한 지점을 "결과"라 인식하고, 얼른 결론을 내려 머릿속에서 이 상황에 대한 관점을 쉽게 처리하려고 하죠. 더 이상 에너지를 쓰지 않으려는 노력이라 말할 수도 있겠습니다.

하지만 처리의 간단함과는 별개로, 쉽게 내려진 관점은 다시 나를 공격합니다. 끝나지 않은 삶에 승자와 패자가 정해졌고 나는 이기지 못한 사람처럼 느끼게 하죠. 그럼 내가 하는 어떤

행동이든 의미가 없는 것처럼 느껴집니다. "이미 진 사람의
행동이 무슨 의미이겠어?"와 같은 질문을 떠올리면서 말이죠.
하지만 하루 이틀 살아본 것도 아니고,
삶이 그리 간단하고 쉽던가요?

잘 먹고, 잘 자봅시다. 그리고 다시 거실 바닥에 누워 이분법
타령을 하면서 게으름 피우고 있는 나의 인식을 일으켜
세웁시다. 부지런히 나와 세상을 들여다보도록 해보자고요.

왜, 누가 끝날 때까지 끝난 게 아니라 하잖아요. 삶이 주는
다양한 긍정과 부정을 씩씩하게 느껴야 합니다.
할 수 있습니다!

사람들 앞에 설 때 긴장을 푸는 좋은 방법이 있을까요?

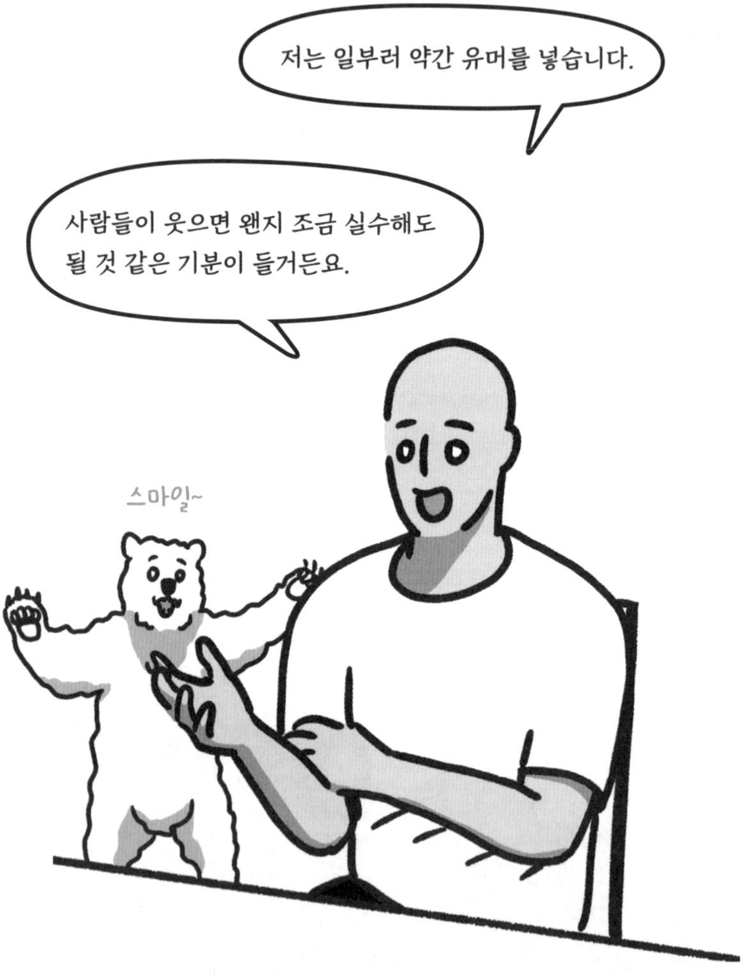

뭔가 슬픈 이야기를 들으면 감정적으로 동요하고
그 자리에서 바로 울어버려요, 저 괜찮은 걸까요?

공감력이 높으신가 보군요!

그런 특성은 귀중하죠.

충분히 좋은 일에
쓸 수 있습니다.

인생이 퍽퍽할 때, 행복의 역치(?)를 낮출 방법이 있을까요?

계절이 변하는 것을 즐겨보는 건 어떨까요?
쌀쌀해지면 예전 옷들을 꺼내보고
필요한 옷을 사서 코디해보고,
오래 신은 신발은 정리해보고.

매일 아침 바뀌는 공기를
느껴보는 일
같은 거 말이에요!

안정된 삶에 대한 갈망이 심해요.

안정과 정착은 어쩌면 우리가 평생 찾지 못하는 그런 종류의 것일지도 모르겠습니다.

안정되고 정착된 것처럼 보이는 사람들에게 물어봐도 자기들은 그렇지 않다고 말할걸요?

그러니 지금 그냥 좋은 방향으로 나아가는 것, 그리고 그 추진력을 유지하는 방법에 대해서 고민을 해보는 것이 좀 더 건강하지 않을까 싶습니다.

내가 어떤 사람인지 잘 모르겠다는 말이 왜 이렇게 슬플까요?

술 먹고 실수했어요, 입을 다무는 방법이 뭘까요.

성격이 너무 급해서 힘들어요.

저도 좀 다급한 성격입니다. 이게 꽤 양날의 검이죠.

좋은 점도 있습니다. 저 같은 경우에는 그래도 선택이 빨라서 고민하는 일이 적었던 거 같네요.

좋은 쪽으로 그 성격을 잘 다루어 보세요.

분노는 삶의 힘이 될 수 있을까요?

전사의 삶을 산다면
적절할 수도 있겠네요!

육아휴직을 시작했습니다.
어떻게 시간을 보내야 나중에 아쉬움이 없을까요?

고생하시겠네요.
아이에게 깊은 사랑을 주시고,
내가 할 수 없는 일에
괜한 죄책감을 뒤집어쓰진
않으셨으면 합니다.

충분히 잘 하실 겁니다!

응원해요!

평범한 일상을 여행처럼 사는 비법은 없을까요?

여행이 별거 있겠습니까.
처음 보고 처음 겪는
즐거운 감각을 찾는 일이겠죠.

저도 그런 감각이 참 좋아서 가끔 점심에
평소 안 가던 쪽으로 가서 식사를 하기도 합니다,

사연자님도 삶에
약간의 의외성
한 꼬집 정도를
올려보는 건 어떨까요?

나이 들면서 더 철없이 굴고 있어요. 제 모습이 창피하네요.

저도 사춘기를 두 번 지날 나이를 살아왔는데요,
아직 사춘기가 끝나지 않은 것 같은 기분이 들곤 합니다.

뭐, 상황에 너무 연연하진 맙시다.

다들 왔다 갔다
하는 거죠.

휴, 어른이 되니까 모든 걸 돈으로 해결하고 싶어요.

왜 살아야 하는지 모르겠어요.

매번 받는 질문입니다.

그만큼 지금의 상황에 답답함을
느끼시는 분들이 많구나 싶습니다.

보통 이런 질문은
답이 나오지 않아요.
답이 나오지 않는 질문을
오래 붙잡고 있지는 맙시다.

그것보다는 오늘 좋은 것, 눈앞의 즐겁고 값지고
사랑스러운 것에 집중했으면 좋겠어요.

그런 건 가끔 너무 당연하게
느껴지곤 해서
내가 꼭 집중하지 않으면
잊어버리기 쉽거든요.
좋은 일이 있길 바랄게요.

인생의 미스터리에 대해 어떻게 생각하나요?

제 결론은…

우리는 정말 아무것도 모른다는 겁니다.
저 또한 내가 뭐 대단한 걸 안다고
그림을 그리고 이런 이야기를 하는지
굉장히 쑥스러운 기분을 느끼기도 하거든요.

인생이 망했어요. 걍 다 조졌네요. 뭐할까요?

그래도 무얼 할까 물어보시다니,
저는 굉장히 긍정적이라고 봅니다.

굿이에요!

뭐부터 하는 게 좋을까요. 행복한 삶을 위해서요.

뾰족한 답이 나오지 않는다면
일단 혼자 있는 시간을 줄여보기,
잠을 충분히 자고 일찍 일어나기를
조심스레 추천해봅니다.

나에게 물어보기

내 못난 점은 내가 제일 잘 알기 마련이죠. 가만히 있어도
아쉬운 점은 불쑥불쑥 떠오르곤 합니다. 하지만 나의 좋은 부분은
너무 당연하게 느끼거나 잊고 지내기도 합니다. 심지어는 단점처럼
느낄 때도 있어요. 그러니 새삼스럽지만 다시 찾아봅시다.
내 장점은 무엇이 있을까요? 그리고 스스로 칭찬을 해보는 건
어떨까요? 조금 낯 뜨겁다면, 가까이 지내는 친한 친구나
존경하는 분이 나의 장점에 대해 칭찬한다고 상상해보아도 좋아요.

✳ 아무도 모르는 나의 멋진 부분은 무엇인가요?

_____

_____

_____

_____

✳ 칭찬해볼까요?

_____

_____

_____

_____

✳ 얼마나 빨리 떠올랐나요?
  나의 장점들을 잘 사용하고 있나요?

_____

_____

_____

_____

_____

_____

_____

_____

_____

_____

가끔 우리는 속도보다
가속도를 원하는 것 같습니다.

짧은 시간에 시속 100킬로미터로 가속하는
롤러코스터는 많은 이들이 좋아하지만

그보다 몇 배 더 빠른 속도로 오랜 시간을 이동하는 장거리 비행을 즐기는 이는 많지 않은 것처럼요.

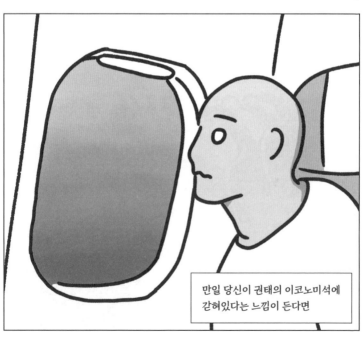

만일 당신이 권태의 이코노미석에 갇혀있다는 느낌이 든다면

이렇게 말해봅시다. 그럴 수도 있습니다!

오늘 어떤 기분이 들었든, 대부분은 그런 기분이 드는 건
당연해요. 하지만 이상하게도 나 스스로에게는 "그럴 수도
있지!"라는 이야기를 해주기가 참 어려워요. 다른 못된
이야기는 스스로에게 잘만 하면서 아주 웃기죠.

제가 힘들 때 누군가가 그러더군요.

"그럴 수도 있지!"

가벼운 말이죠? 하지만 이 가벼운 말은 그 당시 제게 놀랄
만큼 큰 위안이 됐습니다. 그 후로 저는 힘들 때 이 말을
꼭꼭 되새깁니다.

"그럴 수도 있지!"